Gärten der Liebe

Gärten der Liebe

Lyrik aus der Zeit der Pharaonen

Herausgegeben und übersetzt von
Hermann A. Schlögl

Mit Nachzeichnungen
von Barbara Lüscher

Artemis & Winkler

Die Deutsche Bibliothek – CIP-Einheitsaufnahme

Gärten der Liebe: Lyrik aus der Zeit der Pharaonen.
Herausgegeben und übers. von Hermann A. Schlögl. –
Düsseldorf; Zürich: Artemis und Winkler, 2000
ISBN 3-538-07106-0

Satz: Josefine Urban – KompetenzCenter, Düsseldorf
Druck: Clausen & Bosse, Leck
ISBN 3-538-07106-3

Inhalt

Aus dem Papyrus Chester Beatty I
Der Zyklus der sieben Stanzen

Anfang der Sprüche der großen Herzensfreude

Madolinespielendes Mädchen (Fayence)

I

Junger Mann:

Die Eine, die Geliebte, die ohne ihres Gleichen,
sie ist doch schöner als jede Frau!
Schau, sie ist wie der Stern, der aufgeht
zu Beginn eines glücklichen Jahres.

Leuchtend vor Tugend, glänzend an Aussehen,
beide Augen blicken so klar.
Bezaubernd sind ihre Lippen beim Sprechen,
sie sagt kein Wort zuviel.

Sie ist hoch gewachsen, mit herrlicher Brust,
wie echter Lapislazuli ihr Haar:
Ihre Arme sind schöner als Gold,
und ihre Finger wie Knospen des Lotus.

Weich gerundet die Hüften und schmal die Taille,
und ihre Schenkel tragen das Schönste.
Edel ist ihr Gang, wenn sie schreitet.
Durch ihren Gruß stiehlt sie mein Herz.

Sie zwingt die Hälse aller Männer
sich umzudrehen, um sie anzuschauen.
In Wonne gerät jeder, den sie berührt,
er fühlt sich als erster unter den in Liebe Entbrannten.

Tritt sie aus dem Haus, so ist es,
als erblicke man jene Göttin, die Eine!

II

Mädchen:

Die Stimme des Geliebten verwirrt mein Herz,
sie hat mich mit Krankheit geschlagen.
Er wohnt ganz nahe am Haus meiner Mutter,
doch wie an ihn zu gelangen, das weiß ich nicht.

Gut wäre es, wenn meine Mutter mir sagte:
»Hör endlich auf, ihn anzusehen!« –
Mein Herz weigert sich ja, an ihn zu denken
und doch hält Liebe zu ihm mich gepackt.

Er hat kein Herz!
Aber bin ich nicht genauso wie er? –
Er weiß nichts von meiner Sehnsucht, ihn zu umarmen,
sonst würde er zu meiner Mutter schicken!

Oh mein Geliebter, wäre ich dir nur anbefohlen,
von der goldenen Göttin der Frauen!
Komm doch zu mir, daß ich deine Schönheit schaue
und Vater und Mutter sich freuen!

Alle Menschen zusammen sollen dich preisen,
ja, sie jubeln dir zu, o mein Geliebter!

III

Ein junger Mann
aus dem Gefolge des Prinzen Mehi:

Mein Herz wollte ihre Schönheit betrachten,
in ihre Halle wollt ich mich setzen.
Unterwegs aber traf ich Mehi auf seinem Wagen,
umgeben von seinen Jünglingen.

Ich wußte nicht, wie ich mich wegstehlen sollte,
oder sollte ich einfach an ihm vorbeigehen? –
Schau, nur der Nil ist wie ein Weg,
einen anderen Platz für meine Füße weiß ich nicht.

O wie gar töricht bist du, mein Herz!
Weshalb willst du an Mehi vorübergehen?
Schau, wenn ich an ihm vorbeigehe,
zeige ich ihm doch, was mich bewegt.

»Siehe, ich gehöre zu dir«, müßte ich ihm sagen.
Er aber, er würde nur meinen Namen schreien
und mich als Erstbesten einreihen,
zu denen, die in seinem Gefolge sind.

IV

Mädchen:

Mein Herz schlägt schneller
denk ich an meine Liebe zu dir,
es will nicht, daß ich herumgehe wie ein Mensch!
Es pocht auf seinem Platze.

Es läßt nicht zu, daß ich ein Kleid anlege,
meinen Fächer darf ich nicht nehmen!
Meine Augen kann ich nicht schminken,
auch salben darf ich mich nicht.

»Verweile nicht, du kommst zum Ziel!«
Sagt es zu mir, so oft ich an ihn denke.
Oh, mein Herz, mach mir keinen Kummer!
Warum nur willst du mir Sorgen bereiten?

Ruhig, der Geliebte wird kommen zu dir,
dazu aber auch die Blicke der Menschen.
Laß die Leute nicht über mich lästern:
»Ein Weib, das der Liebe verfiel!«

Bleibe stark, so oft du an ihn denkst,
mein Herz, schlag nicht so heftig!

V

Junger Mann:

Die goldene Göttin bete ich an, ich preise ihre Majestät.
Ich rühme die Herrin des Himmels.
Jubel gebe ich Hathor,
Ruhm sei der Gebieterin.

Ich flehte zu ihr und meine Bitten hat sie erhört!
Sie schickte mir meine Herrin.
Von selbst ist sie gekommen, mich zu sehen. –
O wie groß ist das, was mir geschah!

Ich jubelte, Freude ergriff mich, groß fühlte ich mich,
als es hieß: »Siehe, sie ist da!«
Schau, als sie kam, verbeugten sich die Jünglinge,
weil die Liebe zu ihr so mächtig war.
Meiner Göttin machte ich ein Gelübde,
damit sie mir die Geliebte gewähre.
Drei volle Tage sind vergangen,
seit ich sie bat bei ihrem Namen. –
Aber meine Geliebte verließ mich vor fünf Tagen.

VI

Mädchen:

Ich wollte vorübergehen, ganz nahe bei seinem Haus,
da fand ich dessen Türe offen:
An der Seite seiner Mutter steht der Geliebte da,
und seine Geschwister sind alle bei ihm.

Und die Herzen aller, die vorübergehen,
packt die Liebe zu ihm,
er ist ein trefflicher Jüngling, es gibt keinen Gleichen!
Ein Geliebter von erwähltem Charakter!

Da ich vorbeigehe, schaut er mich an,
ich juble in meinem Innern.
Oh, wie froh ist mein Herz vor Freude,
Geliebter, seit ich dich sah.

Oh, daß doch meine Mutter mein Herz kennte,
oder daß sie es bald durchschaute!
O du Goldene, gib es doch in ihr Herz,
dann eile ich zu meinem Geliebten.

Ich küsse ihn vor den Seinen,
ich schäme mich nicht vor den Leuten,
ich freue mich über ihren Neid,
weil du mich kennst!

Meiner Göttin bereite ich ein Fest!
Mein Herz schlägt gar heftig und möchte zerspringen,
weil ich den Geliebten schaue in dieser herrlichen Nacht,
wie schade, daß sie vorübergeht!

VII

Junger Mann:

Sieben Tage habe ich die Geliebte nicht gesehen,
da hat mich Krankheit befallen.
Meine Glieder sind schwer,
und ich vernachlässige meinen Leib.

Wenn die Ärzte zu mir kommen,
ist mein Herz nicht zufrieden mit ihren Künsten
und auch Magier finden keinen Ausweg,
denn mein Leiden wird nicht erkannt.

Doch sagt man zu mir: »Jetzt ist sie da!«, so bin ich belebt.
Ihr Name richtet mich auf.
Das Kommen und Gehen ihrer Boten
belebt mein Herz.

Besser als alle Heilmittel ist für mich die Geliebte.
Sie ist mir mehr als eine Arznei.
Ihr Eintritt von draußen ist mein Amulett,
und wenn ich sie sehe, dann bin ich gesund.

Öffnet sie ihre Augen, dann ist mein Leib jung.
Spricht sie, dann werde ich stark.
Umarme ich sie, verjagt sie mein Übel. –
Aber sie verließ mich vor sieben Tagen.

Exquisit gekleidetes Paar im Garten

Aus dem Papyrus Chester Beatty I
Drei Wünsche eines Mädchens

1

Oh, kämst du doch schnell zur Geliebten
wie ein Bote des Königs so eilig,
seiner Nachricht harrt das Herz seines Herrn,
begierig ist er, sie zu hören.

Jeder Stallmeister zäumt ihm auf,
für ihn stehen die Pferde am Rastplatz.
Der Wagen wird angeschirrt, wo immer er steht,
unterwegs darf er nicht rasten!

Gelangt er aber zum Haus der Geliebten,
dann jubelt sein Herz.

2

Ach, kämst du doch zu mir
wie ein königliches Pferd,
ausgewählt aus tausend verschiedenen Rössern,
das Beste der Stallungen.

Mit seinem Futter wird es bevorzugt,
und sein Herr kennt genau seine Hufe.
Wenn es nur das Geräusch der Peitsche hört,
dann weiß es, ein Stillestehen gibt es nicht.

Selbst der Beste der Wagenlenker
kann es nicht einholen.
Und das Herz der Geliebten spürt,
daß es nicht fern ist von der Geliebten.

3

Ach, kämst du doch schnell zur Geliebten
wie eine Gazelle, die durch die Wüste dahinspringt,
deren Läufe schon lahmen und deren Körper erschöpft ist,
der Schrecken hält ihren Leib gepackt.

Ein Jäger ist hinter ihr, zusammen mit Hunden.
Vor ihrem wirbelnden Staub sieht man sie nicht.
Als eine Falle sieht sie den sicheren Platz an,
lieber nimmt sie den Fluß als Fluchtweg.

Ja, du wirst zu ihrer Höhle gelangen,
bevor du deine Hand viermal küssen kannst.
Jagst du der Liebe der Geliebten nach?
Die »Goldene« hat sie dir doch geschenkt,
mein Freund.

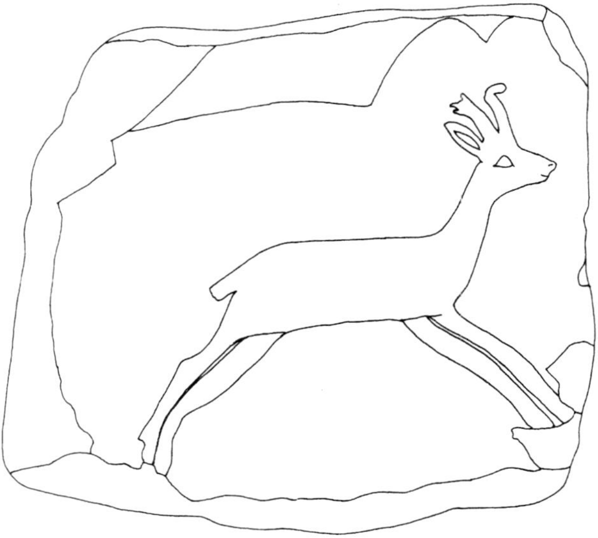

Gazelle im Lauf

Aus dem Papyrus Chester Beatty I

Anfang von den lieblichen Sprüchen,
aufgefunden in einer Sammelhandschrift,
zusammengestellt vom
Nekropolenschreiber Nachtsobek

Einführung zur richtigen Anwendung der Lieder

Wenn du die Lieder in das Haus der Geliebten bringst,
und du zu wild ihre »Höhle« bestürmst,
dann wird der Schutz ihres Tores geändert,
und ihre Hausherrin macht ihnen ein Ende.
Statte die Lieder doch aus mit Musik und Tanz,
dazu Wein und Bier!
Nur so bringst du sie zum »Schwachwerden«
und belohnst sie für ihre Nacht.
Sie wird zu dir sprechen:
»Nimm mich in deine Arme!«
Ebenso verfahre am nächsten Tag.
Wenn du sie darbietest in der Halle der Geliebten
und du bist allein, ohne einen anderen,
dann kannst du nach Wunsch in ihren Fallstricken handeln.
Das Dach des Eingangs wird nur leicht erzittern,
der Himmel sinkt nieder in einem Lufthauch,
aber nicht bläst er es weg,
er bringt dir ihren Wohlgeruch.
Ein überflutender Duft ist es,
der die trunken macht, die dabei sind.
Schau doch, die »Goldene« gewährt sie dir als Geschenk,
um dich dein Leben genießen zu lassen.

Festbankett mit Musikantinnen und Tänzerinnen

Junger Mann:

Wie kundig ist die Geliebte beim Werfen des Lassos,
und doch zahlt sie keine Viehsteuer!
Mit ihrem Haar als Schlinge fängt sie mich,
sie holt mich durch ihr Auge,
sie fesselt mit ihren Schenkeln,
mit ihrem Siegel aber setzt sie den Brand.

Mädchen:

Während du dich mit deinem Herzen besprichst:
»Zu ihr! Umarmen möcht ich sie!« –
Aber so wahr Amun dauert. Ich bin es doch, die zu dir kam,
mein Hemd über meinen Schultern.

Mädchen:

Den Geliebten finde ich am Wasser,
die Füße planschen im Fluß.
Er hat einen Tisch gebaut, den Tag zu feiern
mit dem Besten der Biere.
Da ließ er mich seine Lenden schauen:
Länger ist es als breit.

Junger Mann:

Was die Geliebte mir antat!
Ihretwegen sollte ich stillsein?
An der Schwelle ihres Hauses ließ sie mich stehen,
während sie hineinging.
Sie sprach nicht: »Komm herein, Schöner!«
Taub war sie in meiner Nacht!

Junger Mann, der Sohn des Bürgermeisters:

Ich gehe an ihrem Haus vorbei, traumverloren,
ich klopfe, aber mir wird nicht geöffnet.
Unserem Pförtner, eine gute Nacht!
Riegel, ich muß dich öffnen!
Türe, mein Schicksal bist du,
mein guter Geist könntest du sein.
Drinnen wird man unseren Ochsen schlachten,
wegen deiner Macht, o Türe!
Für den Riegel schlachtet man ein Langhornrind,
und ein Kurzhornrind für das Schloß!
Eine fette Gans für die Türschwelle,
dem Schlüssel aber gehört das Schmalz.
Allerlei erlesene Teile unseres Ochsen
gehen an den tüchtigen Jungen des Zimmermanns,
damit er uns einen Riegel aus Schilfrohr herstelle,
und eine Türe aus Mattengeflecht dazu.
Kommt der Geliebte zu jedweder Zeit,
ihr Haus findet er offen,
er entdeckt eine Bettstatt mit feinem Leinen bezogen
und das schöne Mädchen dazu.
Das Mädchen sagt zu mir:
»Dem Sohn des Bürgermeisters gehört dies Haus!«

Aus dem Papyrus Anastasi II (Fragment)

Wenn der Wind kommt,
dann will er zum Sykomorenbaum,
wenn du kommst,
dann willst du zu mir.

Vogelnest in Papyruszweigen

Aus dem Papyrus Harris 500
Erste Liedersammlung

Mädchen:

Bin ich denn nicht bei dir?
Weshalb möchtest du fortgehen?
Willst du mich nicht mehr umarmen?
Bereitet es keine Lust mehr,
meine Schenkel zu liebkosen?
Gehst du weg, weil du ans Essen denkst?
Bist du denn ein Mann, der seinem Bauch nachläuft?
Ist es, weil du dich um Kleidung sorgst?
Ich besitze doch feines Leinen.
Oder wolltest du gehen, weil du Hunger hast?
Nimm doch meine Brüste, ihr Inhalt flutet dir über.
Herrlicher ist ein Tag in den Armen des Geliebten
als hunderttausende auf dem Felde.

Mädchen:

Die Liebe zu dir hat meinen Leib durchdrungen,
wie Salz sich im Wasser vermischt,
wie Mandragora, dem Harz beigerieben ist,
...
eil doch, um deine Geliebte zu schauen,
wie ein Kriegspferd zum Kampfplatz ...

Junger Mann:

Trunken machen die Pflanzen des Sumpflandes.
Der Mund meiner Geliebten ist eine Lotusknospe,
ihre Brüste sind die Früchte von Mandragora,
ihre Arme sind Schlingpflanzen.
Ihre Stirn ist eine Falle aus Nadelholz.
Ich aber bin die Wildgans,
ich erblicke ihr Haar
als Vogelköder in einer Falle,
die zuschlagen wird.

Mädchen:

Mein Herz sollte keine Nachsicht haben gegenüber deiner
Liebe,
mein kleiner Wolfsschakal,
denn deine Trunkenheit ist »Liebe machen«.
Ich kann davon nicht lassen,
selbst wenn Schläge mich vertreiben,
und ich in den Sümpfen den Tag verbringen muß,
oder nach Syrien mit Stöcken und Knüppeln,
nach Nubien unter Keulen,
zum Hochland mit Prügeln,
zum Tiefland mit Ruten.
Nie werde ich auf ihren Druck hören,
von dem abzulassen, den ich begehre.

Junger Mann:

Ich fahre stromabwärts mit einem Schiff im Rudertakt,
meine Schlafmatte aus Binsen auf meinem Arm.
Ich will nach Memphis und spreche zu Ptah,
dem Herrn der Wahrheit:
»Gib mir die Geliebte in dieser Nacht!«
Der Fluß wird dann Wein sein.
Ptah sein Schilf, Sachmet seine Lotusblätter,
Jadet seine Lotusstengel und Nefertem seine Lotusblüten.
Oh wie freut man sich an ihrer Schönheit,
wenn die Erde hell wird.
Memphis ist eine Schale von Mandragorafrüchten,
aufgestellt vor dem »mit schönem Gesicht«.

Junger Mann:

Ich lege mich drinnen nieder zu Bett
und stelle mich krank!
Dann werden meine Nachbarn eintreten, um nachzuschauen,
und mit ihnen kommt meine Geliebte.
Sie wird die Ärzte beschämen,
denn sie kennt mein Leiden.

Junger Mann:

Das Schloß meiner Geliebten,
dessen Eingang in der Mitte des Gebäudes liegt,
seine Flügeltüren stehen offen,
ihre Riegel waren aufgegangen,
und meine Geliebte zürnt.

Ach, wäre ich als Pförtner eingesetzt,
dann hätte ich sie wütend auf mich gemacht.
Ich dürfte ihre Stimme hören, während sie zürnt,
ein Kind in Angst vor ihr.

Ein Mädchen, das an den Sonnengott Re denkt und ihn als Mittler für ein Treffen mit dem Geliebten benötigt, spricht:

Mit einem Boot fahre ich nach Norden,
auf dem »Kanal des Herrschers, der lebt, heil und gesund ist«.
Dann biege ich ein in den Kanal des Re.
Zum Fest des »Zeltaufschlagens« möchte ich gehen,
an der Mündung des Iti-Kanals.
Ich gehe schnell, ohne anzuhalten
und mein Herz denkt an Re.
Die Ankunft des Geliebten möchte ich sehen,
wenn er zum Haus des Erhabenen will.

Dann stehe ich mit dir an der Mündung des Iti-Kanals,
und du nimmst mein Herz fort, zur Pfeilerstadt des Re.
Mit dir habe ich mich entfernt zu den Bäumen,
die zum Haus des Erhabenen gehören.
Einen Zweig will ich brechen als meinen Fächer
von den Bäumen des Hauses des Erhabenen.
Sehen will ich, was er tut,
mein Gesicht ist zum Liebesgarten gerichtet.
Meine Arme sind voller Persea-Zweige,
mein Haar schwer von Balsam.
Ich bin die Königin Ägyptens,
ich bin bei dir!

Aus dem Papyrus Harris 500
Zweite Sammlung

Beginn von den Gesängen der Herzensfreude
von der Schönheit deiner Geliebten,
die dein Herz liebt,
wenn sie vom Felde zurückkommt.

Voglerin mit Handfalle

Mädchen:

O mein Geliebter, den ich liebe,
mein Herz sehnt sich nach deiner Liebe,
und nach allem, was du bewirkt hast.
Ich sage zu dir: »Schau, was geschah.«
Vom Vogelfang komme ich zurück,
die Falle in meiner einen Hand,
in der anderen den Käfig,
und das Wurfholz dazu.
Vielerlei Vögel vom Weihrauchland Punt
lassen sich in Ägypten nieder,
ihr Gefieder von Myrrhen benetzt.
Der erste der kommt, packt meinen Köder.
Aus Punt ist sein Wohlgeruch mitgebracht,
und seine Krallen sind voll von Balsam.
Mein Herz möchte, daß wir ihn zusammen befreien,
damit ich mit dir ganz allein bin.
Dann lasse ich dich allein den Klang meiner Rufe hören,
nur dich, meinen lieblich mit Myrrhen Gesalbten.
Du bist hier mit mir zusammen,
und ich bin in der Falle.
Das Schönste ist doch,
zum Felde zu gehen,
für den, der geliebt wird.

Mädchen:

Die Stimme der Wildgans schreit auf,
weil ihr Köder sie festhält.
Mich aber fesselt deine Liebe,
ich weiß nicht, wie ich sie lösen kann.
Mein Netz will ich fortlegen,
doch, was sage ich nur meiner Mutter,
zu der ich täglich gehe,
beladen mit den gefangenen Vögeln?
Heute kann ich keine Fallen aufstellen,
denn deine Liebe hält mich fest.

Mädchen:

Die Wildgans fliegt auf und läßt sich nieder,
sie beschädigt den Garten damit;
die gewöhnlichen Vögel kreisen nur.
Ich habe viel zu tun.
Abgelenkt bin ich allein durch deine Liebe,
mein Herz befindet sich mit deinem im Einklang.
Oh, daß ich nie fern sei von deiner Schönheit!

Mädchen:

Ich mußte von dem Geliebten scheiden.
Denke ich aber an deine Liebe,
dann steht das Herz im Leib mir still.
Sehe ich süßen Kuchen,
dann schmeckt er wie Salz.
Apfelwein, einst süß in meinem Munde,
widersteht mir jetzt wie Vogelgalle.
Der Geschmack deiner Küsse allein
belebt mein Herz.
Den, welchen ich fand,
schenke mir doch Amun
für immer und ewig.

Mädchen:

Die schönsten Dinge sollen geschehen!
Mein Herz sehnt sich danach,
als deine Frau dein Eigentum zu besorgen.
Dein Arm liegt auf meinem Arm,
und meine Liebe kann dir nützlich sein.
Ich spreche ein Gebet in mir zu meinem Herzen:
»Gib mir meinen Gemahl in dieser Nacht,
sonst bin ich wie Eine, die in ihrem Grab ruht!«
Bist du denn nicht Gesundheit und Leben?
Das Nahekommen deines Gesichts,
wird mir die Freude deiner Gesundheit schenken,
weil mein Herz nur dich gesucht hat.

Mädchen:

Die Stimme der Taube fängt zu reden an,
sie sagt: »Es tagt, wann wirst du nach Hause gehen?«
»Aber nicht doch, Vogel! Du willst mich ärgern!
In seinem Schlafzimmer habe ich den Geliebten getroffen.
Mein Herz war überaus glücklich,
und wir sagten: Nie werde ich von dir gehen!
Meine Hand ist in deiner Hand,
mit dir will ich zusammen sein, an jedem schönen Ort.
Er machte mich zur Glücklichsten der Frauen,
ohne mein Herz zu zerbrechen.«

Mädchen:

Ich wende meine Aufmerksamkeit dem Außentor zu.
Schau doch, der Geliebte kommt.
Meine Augen suchen den Weg ab,
und meine Ohren lauschen.
Ich warte auf den, der so nötig ist.
Die Liebe zum Geliebten
mache ich zu meiner einzigen Angelegenheit,
mein Herz kann nicht schweigen für ihn.

Doch einen Boten schickt er mir,
der schnellfüßig ist beim Kommen und Gehen,
um mir zu sagen, daß er mich verlassen wird!
Sage es doch, er hat eine andere gefunden,
die jetzt buhlt vor seinem Gesicht.
Was heißt das? –
Das schmutzige Herz einer anderen
hat mich zur Fremden gemacht.

Dienerin frisiert ihre Herrin

Mädchen:

Mein Herz denkt an deine Liebe,
während nur die Hälfte meiner Haare geflochten sind.
Schnell will ich machen, dich zu suchen!
Lieber vernachlässige ich meine Frisur.
Ich höre auf!
Löse mein schon geflochtenes Haar,
und bin augenblicklich fertig.

Aus dem Papyrus Harris 500
Dritte Sammlung

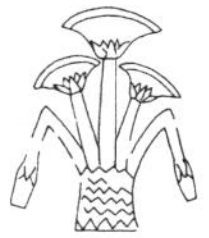

Blumenlieder zum Kranzbinden.
Mit jeder Blume windet das Mädchen auch
Gedanken der Liebe ein.

Anfang der Lieder der Vergnügungen

Sich schminkende Frau sitzt auf Duftkegel

1

Portulakröschen:

Mein Herz steht im Einklang mit deinem,
ich tue für dich, was es nur wünscht,
wenn ich in deinen Armen bin.
Meine Sehnsucht nach dir ist, als schminkte ich meine Augen:
Sehe ich dich, so glänzen sie.
Ich schmiege mich an dich, ich erkenne deine Liebe.
Oh, Erwählter meines Herzens!
Oh, wie schön ist die Stunde mit dir.
Sie wird für mich in Ewigkeit dauern.
Seitdem ich bei dir geschlafen habe,
hast du mein Herz erhoben!
In Sorgen oder in Freude,
verlasse mich nicht!

2

Die Winden-Blüten hier,
sie bereichern uns:
Ich bin deine Geliebte, die Allerbeste.
Ich gehöre dir wie der Garten,
in dem ich Blumen wachsen ließ,
und allerlei Sorten von Pflanzen,
deren Duft süß ist.
Lieblich ist der Teich darin,
den du mit eigener Hand gegraben hast,
uns im Nordwind zu kühlen,
ein wunderbarer Platz zum Lustwandeln.
Deine Hand ist in meiner Hand.
Mein Leib ist zufrieden,
und mein Herz freut sich,
weil wir zusammen gehen.
Deine Stimme zu hören,
ist wie süßer Wein für mich,
ja ich lebe davon, wenn ich sie höre.
Wenn ich dich nur anschauen darf,
dann ist mir jeder einzelne Blick wichtiger,
als Essen und Trinken.

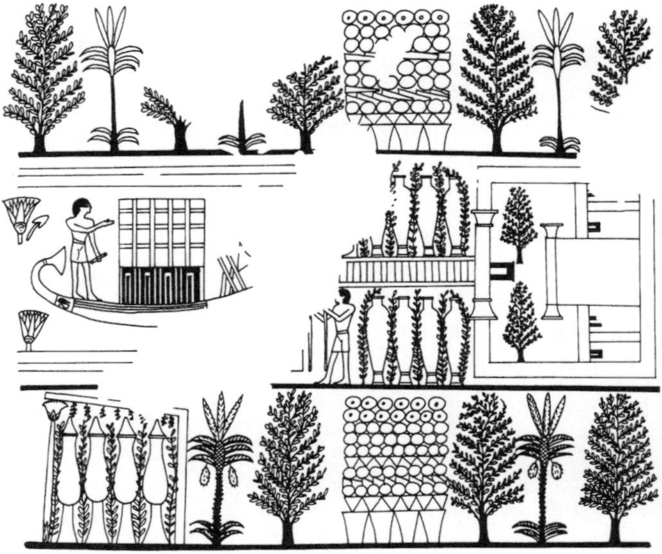

Thebanische Villa mit Garten

Von den Bruchstücken einer Vase in Kairo, auf der ursprünglich eine große Sammlung von Liebesdichtungen aufgeschrieben war.

Mädchen:

Oh, mein Gott, oh mein Lotus ...
Der Nordwind bläst ...
angenehm ist es, zum Fluß zu gehen.
Mein Herz möchte hineinsteigen,
um mich vor dir zu baden.
Ich lasse dich meine Schönheit schauen
in einem Hemd von bestem Königsleinen,
das mit Balsam benetzt ist.
Mein Haar ist geflochten mit Schilf.
Ich steige ins Wasser, um mit dir zusammen zu sein
und komme wieder heraus zu dir
mit einem roten Fisch.
Schön ist er auf meinen Fingern,
ich lege ihn vor dich hin,
während ich deine Schönheit betrachte.
O mein Held, mein Geliebter!
Komm doch, schaue mich an!

Junger Mann:

Die Liebe meiner Geliebten ist dort drüben,
auf der anderen Seite.
Zwischen uns ist der Nil.
Mächtig ist die Wasserflut zur Zeit,
und auf der Sandbank liegt ein Krokodil.

Ich steige ins Wasser, durchwate die Fluten.
Oh, mein Herz ist stark in der Strömung.
Wie eine Maus finde ich jetzt das Krokodil
und das Wasser wie Land unter meinen Füßen.

Ihre Liebe ist es, die meine Stärke ausmacht!
Für mich hat sie ja den Wasserzauber gesungen!
Die Geliebte meines Herzens, ich sehe sie!
Jetzt steht sie mir gegenüber.

Mädchen:

Deine Liebe soll dauern
bei Tag und bei Nacht,
in den Stunden, wenn ich schlafe
und wenn ich wache am Tage.
Deine Gestalt belebt Herzen,
die Sehnsucht nach deiner Stimme
gibt meinem Leib Kraft,
wenn er müde ist.
Immer werde ich sagen:
Es gibt keine Andere,
die im Einklang
mit deinem Herzen ist,
ich bin es allein!

Mädchen:

Deine Liebe ist begehrenswert,
wie die Essenz von Honig,
wie feinstes Leinen
für die Körper von Edlen,
wie Gewänder
für die Leiber der Götter,
wie Weihrauch
für die Nase des Königs.
...
Sie ist wie Mandragora
in der Hand eines Mannes.
Sie ist wie Datteln,
die in Bier gemischt sind.
...
Wir wollen zusammenbleiben,
auch wenn die Tage der Ruhe
im Alter einst kommen.
Ich will bei dir sein, jeden Tag,
und dir alles tun,
wie eine Magd ihrem Herrn.

Junger Mann:

Meine Geliebte ist gekommen,
mein Herz jubelt,
meine Arme sind ausgebreitet,
sie zu umarmen.
Mein Herz in meiner Brust ist so glücklich,
wie ein Fisch in seinem Gewässer.
Oh, Nacht, du gehörst mir für immer,
seit meine Herrin zu mir kam.

Junger Mann:

Umarme ich sie,
und umschließen ihre Arme auch mich,
dann ist es, als wenn man aus dem Weihrauchland Punt kommt,
als wenn eine wohlriechende Pflanze
zur Salbe bereitet,
den Duft von köstlichstem Balsam verbreitet.

Junger Mann:

Küsse ich sie,
und sind ihre Lippen offen,
dann bin ich trunken,
auch ohne Bier.
Oh, wie vollkommen ist mein Glück!
Die Göttin Menket ist da in Schmuck,
sie geleitet uns ins Schlafzimmer.
»Komm«, so sage ich zu mir.
»Gib feinstes Leinen zwischen ihre Beine,
ihr Bett bedecke Königsleinen,
und weißes Leinen sei bewahrt zum Schmuck …«

Von den Bruchstücken einer Vase in Kairo
Wünsche eines jungen Mannes

1

Ach, wäre ich doch nur ihr nubisches Mädchen,
die ihr als Vertraute dient.
Ich würde ihr eine Schale von Mandragora bringen,
dann läge es an ihr, Freuden zu gewähren.
Anders gesagt:
Sie würde mir die Haut ihres ganzen Körpers darbieten.

2

Ach, wäre ich doch der Wäscher
der Leinenkleider meiner Geliebten,
nur für einen einzigen Monat.
Durch das Anfassen der Kleider,
die ihre Glieder berührten,
würde ich stark sein.
Ich wäre es, der das Moringa-Öl herauswaschen würde,
das an ihrem Kopftuch ist.
Säubern wollte ich meinen Körper,
mit dem Waschwasser ihrer Kleider.
Oh, in Freude und Wonne wäre ich
und mein Körper wäre jung.

3

Ach, wäre ich ihr kleiner Siegelring,
der Gefährte ihres Fingers,
dann würde ich ihre Liebe schauen,
zu jeder Zeit tagtäglich.
Erobert hätt ich dann ihr Herz!

4

Ach, schaute sie mich jeden Morgen an,
wie einen, der mit ihr das Leben verbringt.
Wunderbar ist das Land von Isi,
gesegnet seien seine Erzeugnisse.
Ihr Spiegel ist es, der Freude macht,
wenn sie in ihn hineinschaut.

5

Oh, wenn doch meine Geliebte mir tagtäglich angehörte,
wie das Grüne zum Kranze.
Das Schilf ist vertrocknet,
die Distel verblüht,
und die Sumpfblumen wachsen im Büschel.
Kommen aber Kornblumen und Mandragora heraus,
reifen die Blüten von Hatti,
der Fenchel gedeiht,
und es ergrünen die Pflanzen des Feldes.
Dann würde sie tagtäglich bei mir sein,
wie das Grüne beim Kranze.
Und alles erstarkt, was blüht auf den Wiesen.

6

Oh, daß sie doch käme,
damit ich sie sehe.
Ein Fest für Gott würde ich feiern,
er soll doch verhindern,
daß sie wieder davongeht.
Schenken soll er mir meine Herrin tagtäglich,
und niemals darf sie von mir getrennt sein,
bis in alle Ewigkeit nicht.
Wenn ich nur einen Augenblick verbringe,
ohne sie zu sehen,
dann leide ich im innersten meines Leibes.
Jetzt aber will ich eilen, um zu antworten!

Aus dem Papyrus Turin

Lieder des Baumgarten

Affen auf einer Dumpalme (Ostrakon)

1

Der Persea-Baum spricht:

»Meine Kerne schauen aus wie ihre Zähne,
meine Früchte gleichen ihren Brüsten,
denn ich bin der Beste des Baumgartens.
Ich bleibe zu jeder Jahreszeit,
in der die Geliebte bei ihrem Geliebten ist.
Unter dem Schutz meiner Zweige verweilen sie,
trunken von Wein und Süßwein,
benetzt von Moringa-Öl und Balsam.
Alle Bäume – ich ausgenommen –
verblühen auf der Flur.
Ich aber blühe zwölf Monate im Garten,
denn ich bin von Dauer.
Fällt eine Blüte ab,
dann blüht sie bei mir wieder im nächsten Jahr.
Der Beste im Garten bin ich,
aber für minderwertig sieht man mich an!
Wenn das nur noch einmal vorkommt,
dann werde ich für sie nicht mehr stillhalten,
ihrem Freund gewähre ich keinen Schutz mehr.
Man soll ihr Treiben offen erkennen.
Eine Lehre für die Liebende wird es sein,
daß sie nicht mehr den Tag zubringen kann,
mit ihren Stäben, von Lotus umwickelt
und den Knospen, die gerade aufblühen,
dazu mit Salben und Feinöl, verschiedenster Sorten!
Ach, möge sie dich doch den Tag verbringen lassen aufs schönste,
in der Hütte aus Schilf, am behüteten Ort!«

Die Liebenden:

»Schau doch, er der Persea-Baum hat recht!
Laß uns ihm schmeicheln!
Gib, daß er seinen ganzen Tag zubringt,
mit uns in seinem Schatten.«

2

Die Feigensykomore bewegt ihren Mund,
und ihre Zweige rauschen und sprechen:

»Schau, was ich tun will:
Ich will die Herrin sein!
Gibt es denn eine Edlere als mich?
Bis jetzt war es so: sind keine Diener da,
dann war ich die Magd.
Hergebracht wurde ich aus Syrien,
eine Kriegsbeute für die Liebende,
und sie ließ mich
in ihren Baumgarten setzen.
Aber sie gab mir kein Wasser
am Tage, wenn ich trinken wollte.
Nie füllte sie meinen Leib
mit dem Wasser aus Schläuchen.
Nur zu Vergnügungen fand sie mich
und ging weg,
ohne mich trinken zu lassen.
So wahr ich lebe, du Liebende,
ich zahl es dir heim!«

3

Die kleine Sykomore,
die sie mit eigener Hand gepflanzt hat,
öffnet ihren Mund, um zu reden.
Die Tropfen ihres Mundes –
sie sind wie Bienenhonig.
Sie ist schön, ihre Blätter gar lieblich,
sie grünt und ist frisch.
Beladen ist sie mit reifen Früchten,
die röter sind als roter Jaspis.
Ihre Blätter sind wie Türkis,
und ihre Haut ist wie Fayence.
Ihr Holz zeigt die Farbe vom grünen Feldspat,
und die Wurzeln sind wie Fenchel.
Die nicht unter ihr weilen,
holt sie zu sich,
denn ihr Schatten kühlt die Luft.
Sie gibt eine Nachricht an ein kleines Mädchen,
die Tochter ihres Obergärtners.
Zur Liebenden läßt sie sie eilen:

»Komm, verbringe eine kurze Zeit bei der Jugend!
Die Flur feiert ihren Tag.
Unter mir stehen schon Laube und Zelt,
und meine Gutsbesitzer freuen sich,
ja, sie werden jauchzen, wenn sie dich sehen!
Laß deine Diener mit deinen Anordnungen schicken,
ausgerüstet sollten sie sein mit ihren Gefäßen.
Eilt man zu mir, ist man zwar schon berauscht,
noch bevor man getrunken hat.
Schon sind die Landleute eingetroffen mit ihren Gaben,
sie brachten verschiedene Biere
und vielerlei Formen an Brot,
viele Blumen von gestern und heute,
auch allerlei Früchte zur Erfrischung.
Komm doch, verbringe den Tag in Freude,
einen Morgen und noch einen, also zwei Tage,
während du in meinem Schatten sitzt.
Zur rechten Seite ist dein Freund,
du machst ihn trunken,
tust aber das, was er sagt.
Das Bier-Zelt gerät durch Trunkenheit in Verwirrung,
du aber bleibst mit deinem Geliebten zurück.
Die Kleidungsstücke liegen verstreut unter mir,
während die Geliebte sich hin und her bewegt.
– Aber ich bin verschwiegen,
mit keinem Wort spreche ich von dem, was ich sehe.«

Winzer unter hängenden Reben

Ostrakon aus Deir el-Medineh

Frauen bei einem Bankett

Junger Mann:

…
Ihr Halsschmuck ist aus Blumen,
ihre Glieder sind wie Schilf,
auf ihrem Finger sitzt ihr kleiner Siegelring,
die Lotusblume hält sie in der Hand.
Vor allen Menschen würde ich sie küssen,
damit sie meine Liebe sieht.
Ja, mein Herz hat sie gestohlen!
Schaut sie mich an,
schon bin ich froh.

Ägypten und die Poesie: Eine Einführung

Gewaltige Pyramiden und Tempel, reich dekorierte Gräber und prächtige Statuen, das sind die eindrücklichen Bilder, welche wir spontan mit dem Alten Ägypten verbinden: So wird uns auch das Nilland durch zahlreiche Fotobände vermittelt. Darüber sollte man aber nicht vergessen, daß die Ägypter vor allem ein Sprachvolk waren, die alles aufzeichnen und bewahren wollten. Sie haben sich um 3000 v. Chr. selbst eine Schrift geschaffen, die wir Hieroglyphen (heilige Eingrabungen) nennen und die sie mit besonderem Bewußtsein pflegten. Im Laufe der Zeit entwickelte sich eine Literatursprache, die reich ist an tiefen Bedeutungen und kunstvollen Formulierungen. Die »schöne, vollkommene Rede« wurde zum Ziel einer Sprachbeherrschung, die, um ein ägyptisches Literaturwerk zu zitieren: »verborgener ist als ein kostbarer Stein, aber die man auch bei Dienerinnen über dem Mahlstein finden kann«. Dabei ging es nicht nur um eine stilistisch gewandte Sprachkunst allein, sondern die literarischen Stoffe dieses schreibfreudigsten Volkes der Antike waren mannigfach in jeder Beziehung, und man schreckte auch nicht vor tiefer gehenden philosophischen Fragen über Sinn und Zweck der Schöpfung und ihrer Vergänglichkeit zurück.

Im Jahr 1923 schrieb der Schriftsteller Klabund in seinem kleinen Bändchen »Geschichte der Weltliteratur in einer Stunde«: »Noch etwas wird einem beim Lesen ägyptischer Dichtung und Betrachten ägyptischer Kunstwerke staunend klar: die ägyptische Kultur hat nichts Minderwertiges oder auch nur Mittelmäßiges hervorgebracht: sie ist eine einzige riesige Schöpfung wie die Sphinxallee von Karnak.«

Es darf nicht verwundern, daß Kenntnis des Lesens und Schreibens den Zugang zu allen höheren Positionen des Staates eröffnete. Schreiber zu werden galt als Traumberuf im Alten Ägypten: »Werde Schreiber, das nimm dir vor ... Nützlicher ist ein Buch als ein Denkstein mit Inschrift, als eine festgefügte Grabwand.«

Schulen, in die ausgewählte Kinder im Alter von fünf bis zehn Jahren eintraten, um vor allem das Lesen und Schreiben zu erlernen, gab es nachweislich ab 2000 v. Chr. Als Vorlagen für die Schüler, zum Abschreiben, aber auch zum Diktat, dienten alte Akten, religiöse Texte, Briefe und natürlich bestimmte ausgewählte Werke der Schönen Literatur. Neben der künstlerisch eindrucksvoll gestalteten Schriftform der Hieroglyphen, die sich vorwiegend auf Tempelwänden, Stelen und Grabinschriften findet, lernten die Schreibschüler vor allem eine davon abgeleitete, stark kursive Form, die für den täglichen Gebrauch geeigneter war und die man heute »hieratisch« (»priesterlich«) zu nennen pflegt. Vereinfacht kann man sagen, daß das Hieratische sich zu den Hieroglyphen verhält wie unsere Handschrift zur Druckschrift.

Als Schreibutensilien dienten Binsen, die an einem Ende spitz zuliefen und mit Hilfe der Zähne zu einer Art Pinsel zerkaut wurden, sowie rotes und schwarzes Tintenmaterial, das man auf einer Palette mit Wasser gebrauchsfertig anrührte. Besondere Schriftstücke schrieb man auf den wertvollen und teueren Papyrus; für einfache Texte und für einen allgemeinen Gebrauch benützte man Kalksteinsplitter (Ostraka) oder Tonscherben, die überall reichlich vorhanden waren.

Von dem umfangreichen literarischen Schaffen blieben – dank der günstigen klimatischen Bedingungen – zahlreiche Texte erhalten, die sich in der Regel bestimmten Gattungen zuschreiben lassen wie z. B. Hymnen, Biographien, Erzählungen und Märchen, Jenseitsbücher, Weisheitslehren, Arbeiter- und Liebeslieder.

Die uns interessierenden Liebeslieder wurden alle in der Zeitspanne von 1300–1100 v. Chr. auf Papyri und Ostraka niedergeschrieben. Die Sprache, in der sie abgefaßt sind, nennt man Neuägyptisch, eine Sprachstufe, die erst um 1350 v. Chr. zur Schriftsprache erhoben wurde: Die Abfassung der Texte also und die uns überlieferten Quellen gehören damit in einen ganz engen zeitlichen Zusammenhang. Der einheitliche Charakter der Liebeslieder spiegelt außerdem das Lebensgefühl und den Tenor dieser Zeit und steht mit dem, was wir sonst über diese Periode wissen, im vollen Einklang.

Die Liebeslieder zeigen den reinsten lyrischen Ausdruck, den man aus dem Alten Ägypten kennt, und sie vermitteln eine höchst individuelle, freie Form der Dichtung. Ein besonderes Charakteristikum ist die Liebe zu Tieren, Pflanzen und Bäumen, und Schilderungen von Gärten und Teichen kommen immer wieder vor. Das liebende Mädchen und der Geliebte scheinen in einem Garten Eden zu leben, aber das Paradies ist nicht frei von Gefahren und Feinden. Die echten Gefühle und Empfindungen der Liebenden, die reiche Bildersprache und die überschäumende Phantasie, die dabei zum Ausdruck kommt, haben über die Jahrtausende hinweg nichts von ihrer Frische eingebüßt und bedürfen kaum eines Kommentars. Nur am Rande sei hier darauf hingewiesen, daß das Hohelied Salomons literarische Eigentümlichkeiten und Vorstellungen aufweist, welche die Einflüsse der Liebeslyrik des Alten Ägypten erkennen lassen.

Manche der Lieder sind als Gruppen zusammengefaßt: Im »Zyklus der großen Herzensfreude« sind sieben Gedichte, die innerlich zusammengehören, durchnummeriert. Jedes einzelne dieser Gedichte beginnt und endet mit einem Wortspiel auf die betreffende Zahl. Leider lassen sich diese Wortspiele nur im ersten und im siebten Lied in die deutsche Sprache übertragen.

Ein beliebtes Motiv sind Tavestien, d. h. der Geliebte möchte in einer anderen Gestalt erscheinen, etwa als königlicher Bote, Dienerin, Pförtner oder als Kleiderwäscher der Angebeteten, aber auch als ihr Siegelring oder als Pferd. Man fühlt sich dabei fern an Goethe erinnert, an das Gedicht »Liebhaber in allen Gestalten«. Es heißt da in der zweiten Strophe:

Ich wollt, ich wär ein Pferd,
Da wär ich dir wert.
O wär ich ein Wagen
Bequem dich zu tragen,
Ich wollt, ich wär ein Pferd,
Da wär ich dir wert.

Eigentümlich sind die sogenannten Baumgartenlieder. Hier treten die Bäume als empfindsame Wesen auf, die auf schlechte Behandlung oder Vernachlässigung empfindlich reagieren und teils freundlich, aber auch feindlich den Liebenden begegnen. Eine vom Mädchen schlecht gepflegte Feigensykomore schwört Rache und spricht: »Ich zahl es dir heim!« Vorstellungen von sprechenden Bäumen sind durchaus in der Märchen- und Sagenwelt geläufig, aber man trifft sie auch in moderner Literatur an, so etwa bei Else Lasker-Schüler, und durchaus in ägyptischer Sicht: »Heute früh belauschte ich ein Gespräch, das die Bäume lebhaft miteinander vor meinem Fenster führten ... Bäume, überhaupt jede Pflanze besitzt ein wirklich pochendes Herz, das das Blut durch die Zelle treibt, durch die allerkleinste ihres Blattes. Früchte vermögen zu erröten, und namentlich der Herzkirsche spielt die Liebe das Blut in die Wange. Pflanzen besitzen wirkliche Herzen, manche, heilig blutend am Morgen, wie es bei der jungen Linde der Fall ist.« Bezeichnend, daß die Dichterin mit der großen schweifenden Phantasie von sich selbst sagt: »Ich bin in Theben (Ägypten) geboren, wenn ich auch in Elberfeld zur Welt kam im Rheinland.«
Möge der Leser eintreten in die Welt der ägyptischen Liebeslyrik, und möge er sich an den »Gärten« voll von Anmut, Zauber und Erotik, vermischt mit einer Prise Deftigkeit und Frivolität, erfreuen.

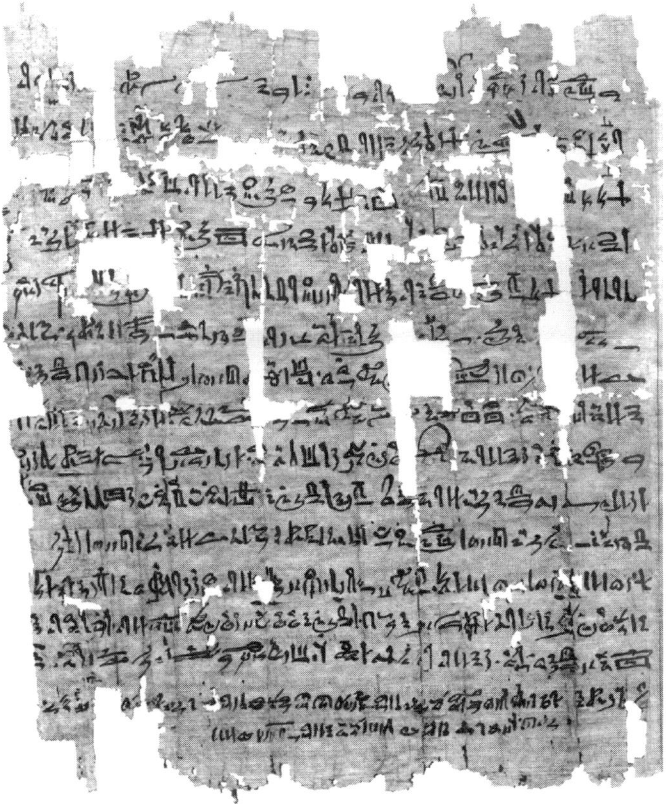

Gesang von der Sykomore

Glossar

Amun

Der Name des Gottes bedeutet »der Verborgene«. Er war der Gott des Windhauchs und zugleich Herr des Lebensodems, der alle Dinge beseelt. In einem Beinamen wurde er als »Mächtigster der Mächtigen« bezeichnet. Die bedeutendste Kultanlage des Nillandes, die Tempelstadt von Karnak, war ihm geweiht. Die Griechen haben ihn später mit Zeus gleichgesetzt.

Goldene Göttin

siehe Hathor

Hathor

Die wohl angesehenste und für viele Bereiche zuständige Göttin des ägyptischen Pantheon. In ältester Zeit galt sie als Himmelsgöttin. Später hatte sie starke mütterliche Züge. Vor allem in Theben wurde sie als Totengottheit verehrt. Eine andere Seite ihres Wesens war die einer Göttin der Musik, des Tanzes und der Liebe. So kam es nicht von ungefähr, daß die Griechen in ihr die Göttin Aphrodite erkennen wollten.

Hatti

Hethitien, Land der Hethiter, deren Machtzentrum in Anatolien lag.

Isi (Asija)

Landschaft in Südwest-Anatolien. Die Ägypter bezogen von dort u. a. Rohkupfer, das auch zur Herstellung von Spiegeln benötigt wurde.

Iti-Kanal

Er lag in der näheren Umgebung von Heliopolis (heute ein Stadtteil Kairos), dem Hauptkultzentrum des Sonnengottes Re.

Jadet
Eine Göttin, die in Memphis besonders verehrt wurde.

Mandragora
Die Pflanze (Mandragora officinalis Mill,) auch Alraunwurzel genannt, wächst vertikal am Boden. Sie war nicht in Ägypten heimisch, wurde aber aus den Mittelmeerländern eingeführt und in Gärten gezogen. Die Frucht diente als Aphrodisiakum; es entströmt ihr ein angenehmer Duft. Auf Darstellungen häufig mit denen des Perseabaums verwechselt.

Mehi
Hoher Offizier unter König Sethos I. (1291–1279 v. Chr.), der für kurze Zeit auch Kronprinz Ägyptens war.

Menket
Göttin des Bieres.

Moringa-Öl
Das Öl gewann man aus dem Baum Moringa peregrina. Es wurde vor allem in der Kosmetik, aber auch in der Küche verwendet.

Nachtsobek
Name eines Schreibers, der in der 2. Hälfte der 20. Dynastie lebte (um 1100 v. Chr.). Er ist nicht der Autor der Gedichte. Aus einer schon vorhandenen Textsammlung hat er lediglich für sich eine bestimmte Auswahl getroffen.

Nefertem
Kindgott, dem Götterpaar Ptah und Sachmet zugeordnet. Er manifestierte sich im Urlotus, worauf auch sein Name »der vollkommen Schöne« weist. Er war Duftgott und Herr des königlichen Hofparfums.

Perseabaum
Immergrüner Zierbaum mit gelben Früchten (Mimusops schimperi), der in pharaonischer Zeit in Ägypten sehr beliebt war. Fast alle Sträuße, die in Gräbern gefunden wurden, bestehen aus Persea-Zweigen.

Pfeilerstadt des Re
Der ägyptische Name der Stadt Heliopolis.

Ptah

Schöpfergott, der sein Hauptkultzentrum in Memphis hatte. Er galt als Schutzherr jeglicher handwerklichen Kunst. Die sogenannte Theologie von Memphis prägte die Vorstellung, daß Ptah die Erschaffung der Welt mit seinen Gedanken und Worten vollbracht habe. Mit seiner Gemahlin Sachmet und seinem Sohn Nefertem bildete er in Memphis eine Triade. Ein Beiname des Gottes war »der mit schönem Gesicht«.

Punt

Eine tropische Region am afrikanischen Ufer des Roten Meeres gelegen. Von dort bezogen die Ägypter ihre exotischen Produkte, wie Weihrauch und Myrrhen.

Re

Wichtigster und allgemeiner Name des Sonnengottes. Meist menschengestaltig dargestellt, ist er vor allem Schöpfer und Erhalter der Welt. Sein bevorzugter Kultort war Heliopolis.

Roter Fisch

Mit dieser Bezeichnung ist der Nilkarpfen Tilapia gemeint, der aufgrund seiner Farbe mit dem Sonnengott verknüpft war. Wegen seiner Eigenart als Maulbrüter galt er als ein heiliges Tier, das aus sich selbst entsteht. In der Funktion als Fruchtbarkeitssymbol ist er mit der Göttin Hathor verbunden.

Sachmet

»Die Mächtigste«, Göttin mit zwiespältiger Natur. Meist als Frau mit Löwenkopf dargestellt. Ihr wichtigster Kultort war Memphis, wo sie mit Ptah und Nefertem zu einer »heiligen Familie« verknüpft war. Sachmet konnte Krankheiten schicken, aber sie auch heilen.

Die Text-Quellen

Bei Papyrushandschriften wird die Seite mit horizontal verlaufenden Fasern als »Recto« (geradewegs) bezeichnet. Diese Seite wurde jeweils zuerst beschrieben. Die mit vertikal verlaufenden Fasern bezeichnet man als »Verso«.

1. Papyrus Harris 500. Benannt nach dem Erstbesitzer Anthony Charles Harris (1790–1869), der als Kaufmann in Alexandria lebte. Gefunden wurde die Handschrift in einer Kiste im Ramesseum, Theben-West, durch Charles Goodwin. Der Papyrus wird heute im Britischen Museum aufbewahrt (Nr. 10 060). Er stammt aus der frühen 19. Dynastie (um 1290 v. Chr.) Die Liebeslieder befinden sich auf der Recto-Seite.
2. Papyrus Chester Beatty I. Benannt nach dem Erstbesitzer, dem britisch-amerikanischen Bergbauingenieur Sir Alfred Chester Beatty (1875–1968). Gefunden wurde die Handschrift in Theben. Der Papyrus wird heute in der Chester Beatty Library in Dublin aufbewahrt. Er stammt aus der 20. Dynastie (1190–1075 v. Chr.). Die Liebeslieder befinden sich auf der Verso-Seite.
3. Papyrus Turin Cat. 1966. Gefunden wurde die Handschrift in Deir el-Medineh durch Gaston Maspero und wird heute im Museo Egizio di Turino aufbewahrt. Die Liebeslieder befinden sich auf der Recto-Seite.
4. Papyrus Anastasi II. Benannt nach dem Erstbesitzer Giovanni Anastasi (1780–1857), der aus Armenien stammend, in

Alexandria als Kaufmann tätig war. Der Papyrus wird heute im Britischen Museum aufbewahrt (Nr. 10 243). Das Fragment des Liebesliedes befindet sich auf der Verso-Seite.

5. Gefäßscherben einer beschrifteten Vase (Höhe: 36,5 cm, Breite: 43,0 cm), die in Deir el-Medineh von Wilhelm Spiegelberg gefunden wurden. Sie befinden sich heute im Ägyptischen Museum Kairo Cat. 25 218. Die Vase stammt aus der 19./20. Dynastie (um 1200–1180 v. Chr.).
6. Kalksteinsplitter (Ostrakon) aus Deir el-Medineh aus der Zeit König Ramses III. (1182–1151 v. Chr.), publiziert bei: Jaroslav Černý / Alan H. Gardiner, Hieratic Ostraca I, Oxford 1957, Ostrakon Gardiner 304.

Literaturverzeichnis

W. Max Müller, Die Liebespoesie der alten Ägypter, Leipzig 1899.
Adolf Erman, Die Literatur der Aegypter, Leipzig 1923.
Klabund, Geschichte der Weltliteratur in einer Stunde, Leipzig 1923.
Siegfried Schott, Altägyptische Liebeslieder, Zürich 1950.
Alfred Hermann, Ägyptische Liebesdichtung, Wiesbaden 1959.
John L. Foster, Love Songs of the New Kingdom, New York 1974.
Jan Assmann, Ägyptische Hymnen und Gebete, Zürich/München 1975.
Hannelore Kischkewitz, Liebe Sagen, Lyrik aus dem ägyptischen Altertum, Leipzig 1976.
John B. White, A Study of the Language of Love in the Song of Songs and Ancient Egyptian Poetry, Missoula 1978.
Ezra Pound / Noel Stock, Love Poems of Ancient Egypt (A New Directions Book), New York 1978.
Miriam Lichtheim, Ancient Egyptian Literature, 3 Bde., Berkeley: University of California Press 1973–1980.
Dimitri Meeks, Lexikon der Ägyptologie (Stichwort: Liebeslieder, Sp. 1048–1052), Wiesbaden 1980.
Michael V. Fox, The Song of Songs and the Ancient Egyptian Love Songs, Madison 1985.
Hellmut Brunner, Grundzüge einer Geschichte der altägyptischen Literatur, Darmstadt 1986.
Othmar Keel, Das Hohelied (Zürcher Bibelkommentare: AT; 18), Zürich 1986.
Erik Hornung, Gesänge vom Nil. Dichtung am Hof der Pharaonen, Zürich/München 1990.
Else Lasker-Schüler, Werke, München/Zürich 1991.
Erik Hornung, Altägyptische Dichtung, Stuttgart 1996.

Editorischer Hinweis

Bei den mit Rasterung unterlegten Textteilen handelt es sich um Ergänzungen des Übersetzers.

Zum Herausgeber

Hermann A. Schlögl ist Ägyptologe und lehrt an der Universität Fribourg (Schweiz). Zahlreiche Bücher zu Ägypten (Monographien und Einzeldarstellungen).